Para Caroline y Polonius

Blanquita y Rocky

Gulbis, Stephen
Blanquita y Rocky / Stephen Gulbis ; traductor Diana Esperanza Gómez ; ilustraciones Stephen Gulbis.
Editor Javier R. Mahecha López. -- Bogotá : Panamericana Editorial, 2008.
28 p. : il. ; 25 cm. -- (Historias de animales)
ISBN 978-958-30-3038-3
1. Cuentos infantiles ingleses 2. Animales - Cuentos infantiles
I. Gómez, Diana Esperanza, tr. II. Mahecha López, Javier R., ed.
III. Tít. IV. Serie.
I823.91 cd 21 ed.
A1173631

CEP-Banco de la República-Biblioteca Luis Ángel Arango

EditorPanamericana Editorial Ltda.

Dirección editorial
Conrado Zuluaga

Edición
Javier R. Mahecha López

Traducción
Diana Esperanza Gómez

Ilustraciones y texto
Stephen Gulbis

Título original: *Blanche and Rocky*

Primera edición en Hodder Children's Books, 2007
Primera edición en Panamericana Editorial Ltda., agosto de 2008

© Hodder Children's Books
338 Euston Road, London NW1 3BH
© Panamericana Editorial Ltda.
Calle 12 No. 34-20. Tels.: (57 1) 3603077 – 2770100
Fax: (57 1) 2373805
Correo electrónico: panaedit@panamericana.com.co
www.panamericanaeditorial.com
Bogotá, D.C., Colombia

ISBN: 978-958-30-3038-3

Impreso por Panamericana Formas e Impresos S.A.
Calle 65 No. 95-28, Tels: (57 1) 4302110 – 4300355, Fax: (57 1) 2763008
Bogotá, D.C., Colombia
Quien sólo actúa como impresor.

Impreso en Colombia   *Printed in Colombia*

Blanquita
y
Rocky

Por
Stephen
Gulbis

PANAMERICANA
EDITORIAL

Blanquita, la osa polar, vivía en un pequeño iglú muy acogedor localizado en el último rincón del Polo Norte. Era la única osa en muchos kilómetros a su alrededor.

Polo Norte

"Cómo me gustaría que alguien me visitara hoy", suspiró Blanquita.
"Bueno, no veo a nadie", dijo.
"No importa. Tal vez mañana sí tenga visitas", pensó esperanzada.

Un rato después,
mientras Blanquita limpiaba su
iglú, encontró una antigua tetera
entre las piezas de su vajilla.

"Tengo una idea",
sonrió muy alegre.

Antes que nada, Blanquita
escribió una nota tratando
que la letra le quedara
muy bonita.

Querido alguien:

Por favor alegra mi vida aceptando
ser mi amigo por correspondencia.

Con amor, Blanquita
@ El Polo Norte
xxxx

P.S. ¡Por favor escribe pronto!

yo

mi iglú

6

Y después Blanquita colocó la nota dentro de la tetera vacía y la dejó flotar en el mar.

El pingüino Rocky vivía en una enorme colonia de pingüinos en el Polo Sur.
Durante el día nadaba, buceaba y jugaba con sus amigos lanzando bolas de nieve.

Al anochecer, los pingüinos se reunían a escuchar los graciosos cuentos de Rocky.

"¿Qué hace el pez en el agua?"
"¡Nada!" graznó Rocky.

Un día Rocky,
en medio de una batalla de
bolas de nieve, vio un objeto
que flotaba
cerca de la orilla.

"¡Encontré una tetera!"
dijo mientras retiraba
la tapa y observaba
su interior.

"Nunca **antes** había recibido una carta", dijo Rocky con alegría.

Con rapidez escribió un mensaje de su propia inspiración y lo envió con la tetera nuevamente hacia el mar.

Al poco tiempo la tetera iba y venía con frecuencia a través del océano, de Norte a Sur y de Sur a Norte. Blanquita disfrutaba leyendo las bromas y acertijos de Rocky.

Y a Rocky le encantaba mostrar los dibujos de Blanquita

a todos sus amigos.

Un día, cuando Blanquita se disponía a enviar la tetera como siempre lo hacía, tuvo una maravillosa idea.

"¿Por qué no visito a Rocky?" se dijo.

Empacó unas pocas cosas, colocó una nota en la puerta de su iglú y se
montó a bordo de un iceberg que pasaba.

"¡Voy a sorprender a Rocky!" sonrió.

Blanquita jamás había realizado un viaje tan largo,

y disfrutaba **saludando** a todos aquellos que encontraba en su camino.

Cuando Blanquita detuvo su iceberg en el Polo Sur, una multitud de pingüinos corrió a su encuentro.

"Mi nombre es Blanquita y vine hasta aquí a visitar a mi amigo Rocky", explicó.

"Pero Rocky no está acá", dijeron los pingüinos.
"Él salió de viaje hacia el Polo Norte. Quería buscarte".

Pobre Blanquita. Lo único que podía hacer era navegar de
vuelta a casa.

En el camino
se desató una gran tormenta
y Blanquita fue atrapada
por una
ola gigante ¡que la refundió en el mar!

Blanquita despertó algo **aturdida.** Lentamente abrió un ojo.
Estaba en una isla arenosa muy suavecita.

Blanquita abrió su otro ojo.
Alguien más había naufragado...

Blanquita y Rocky habían descubierto una pequeña isla desierta sólo para ellos dos. Durante el día tomaban el sol en la playa y en la noche reían juntos bajo las estrellas.

Pero después de un tiempo Blanquita y Rocky empezaron a extrañar cada uno su hogar.

"Mis amigos deben estar buscándome sin parar", lloró Rocky. "Y yo extraño mi pequeño iglú", suspiró Blanquita.

Entonces Blanquita y Rocky reunieron unos cuantos trozos de madera
seca y entre los dos construyeron un par de balsas.

"Ha sido maravilloso conocerte Rocky", dijo Blanquita.
"Hasta pronto Blanquita", dijo Rocky con lágrimas en sus ojos.

Cuando Blanquita llegó a casa, entró a su iglú y realizó un dibujo muy especial para Rocky.

Y gracias a la tetera, Blanquita y Rocky fueron amigos por siempre.

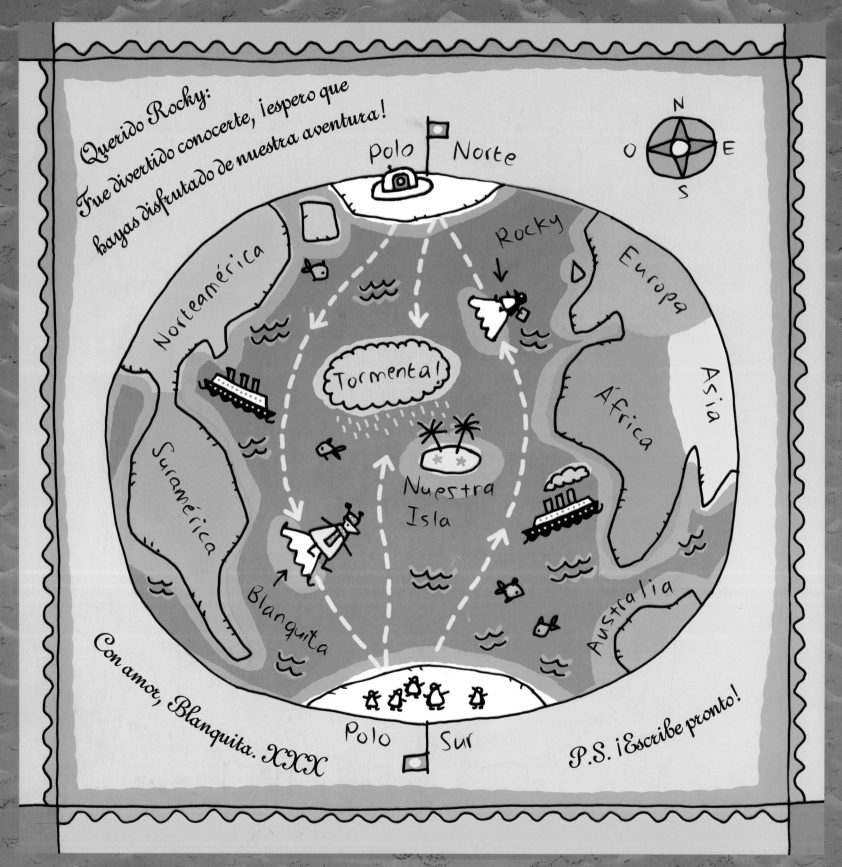